기획의 말

그리운 마음일 때 'I Miss You'라고 하는 것은 '내게서 당신이 빠져 있기(miss) 때문에 나는 충분한 존재가 될 수 없다'는 뜻이라는 게 소설가 쓰시마 유코의 아름다운 해석이다. 현재의 세계에는 틀림없이 결여가 있어서 우리는 언제나 무언가를 그리워한다. 한때 우리를 벅차게 했으나 이제는 읽을 수 없게 된 옛날의 시집을 되살리는 작업 또한 그 그리움의 일이다. 어떤 시집이 빠져 있는 한, 우리의 시는 충분해질 수 없다.

더 나아가 옛 시집을 복간하는 일은 한국 시문학사의 역동성이 드러나는 장을 여는 일이 될 수도 있다. 하나의 새로운 예술작품이 창조될 때 일어나는 일은 과거에 있었던 모든 예술작품에도 동시에 일어난다는 것이 시인 엘리엇의 오래된 말이다. 과거가 이룩해놓은 질서는 현재의 성취에 영향받아 다시 배치된다는 것이다. 우리는 현재의 빛에 의지해 어떤 과거를 선택할 것인가. 그렇게 시사(詩史)는 되돌아보며 전진한다.

이 일들을 문학동네는 이미 한 적이 있다. 1996년 11월 황동규, 마종기, 강은교의 청년기 시집들을 복간하며 '포에지 2000' 시리즈가 시작됐다. "생이 덧없고 힘겨울 때 이따금 가슴으로 암송했던 시들, 이미 절판되어 오래된 명성으로만 만날 수 있었던 시들, 동시대를 대표하는 시인들의 젊은 날의 아름다운 연가(戀歌)가 여기 되살아납니다." 당시로서는 드물고 귀했던 그 일을 우리는 이제 다시 시작해보려 한다.

기획의 말

그리운 마음일 때 'I Miss You'라고 하는 것은 '내게서 당신이 빠져 있기(miss) 때문에 나는 충분한 존재가 될 수 없다'는 뜻이라는 게 소설가 쓰시마 유코의 아름다운 해석이다. 현재의 세계에는 틀림없이 결여가 있어서 우리는 언제나 무언가를 그리워한다. 한때 우리를 벅차게 했으나 이제는 읽을 수 없게 된 옛날의 시집을 되살리는 작업 또한 그 그리움의 일이다. 어떤 시집이 빠져 있는 한, 우리의 시는 충분해질 수 없다.

더 나아가 옛 시집을 복간하는 일은 한국 시문학사의 역동성이 드러나는 장을 여는 일이 될 수도 있다. 하나의 새로운 예술작품이 창조될 때 일어나는 일은 과거에 있었던 모든 예술작품에도 동시에 일어난다는 것이 시인 엘리엇의 오래된 말이다. 과거가 이룩해놓은 질서는 현재의 성취에 영향받아 다시 배치된다는 것이다. 우리는 현재의 빛에 의지해 어떤 과거를 선택할 것인가. 그렇게 시사(詩史)는 되돌아보며 전진한다.

이 일들을 문학동네는 이미 한 적이 있다. 1996년 11월 황동규, 마종기, 강은교의 첫번째 시집들을 복간하며 '포에지 2000' 시리즈가 시작됐다. "생이 덧없고 허기질 때 이따금 가슴으로 암송했던 시들, 이미 절판되어 오래된 명성으로만 만날 수 있었던 시들, 동시대를 대표하는 시인들의 젊은 날의 아름다운 연가(戀歌)가 여기 되살아납니다." 당시로서는 드물고 귀했던 그 일을 우리는 이제 다시 시작해보려 한다.

쉿, 나의 세컨드는

문학동네포에지 077

김경미 시집

쉿,
나의
세컨드는

시인의 말

무엇보다도 내 어머니가 이 시집을 또 당장 없애라고
화내지 말았으면 좋겠다.
첫번째 시집에 하나님에 대한 모욕의 시가 있다고
엄마는 불같이 화를 냈다.
내 마음도 그렇지 않을뿐더러 시도 그런 게 아니라고
설명하려다가 그냥…… 그만두어버렸다.
대신 두번째 시집은 가족 누구에게도
말하지도, 주지도 않았다.
이번엔 그저 건넬 수 있었으면 싶지만
불교 경전과 절이 나오는 시들이 있으니 아직 모르겠다.
엄마의 종교를 인정하고 동참마저 하고 싶어하는 나로선
그 생각을 하면 마음이 좀 아프다……

그러나 차츰 사람이 아니라
삶이 삶 자체를 용서할 수밖에 없다는,
인간은 어쩔 수 없이 그렇게 미약한 존재일 뿐이라는 생각이 든다.
늘 묵묵하게, 그리고 애잔해하는 마음으로
지내고 싶었는데 아직 한참 먼 것만 같다.
누구에게나 고맙다는 말보다 죄송하다거나 미안하다는 말이
늘 먼저 앞서는 건 왜인지 모르겠다.
글을 주신 황동규 교수님, 신경숙, 방민호씨께도.

2001년 가을
김경미

개정판 시인의 말

문학은 어두워야 한다고 생각해서 한사코 어두웠다. 일부러 애쓰지 않아도 어두웠었지만. 생이 이렇게 신선한 것인 줄 좀더 빨리 깨달았으면 좋았었겠지만 아니었어도 그만이다. 장미꽃들 참 붉기도 한 계절이다.

2023년 5월
김경미

차례

2부

3부

4부

1부

방명록

넓고 따뜻한 식빵에 안겨봤으면 좋겠어
분꽃 같은 대롱 입 타고 내려가 종일 그 내부를 살아봤으면 좋겠어

진실을 눈썹처럼 곰곰이 만져봤으면 좋겠어
한 장의 그대 사진과 라일락나무와 나, 셋이서 나직이 약혼했으면 좋겠어
추억이 돌아서서 타조처럼 다시 뛰어와
화해의 밤을 얘기하고
오늘도 잊지 않고
내일도 잊지 않았으면 좋겠어
당신

내가 누구인지 이름 남길 수는 없지만

비망록

햇빛에 지친 해바라기가 가는 목을 담장에 기대고 잠시 쉴 즈음, 깨어보니 스물네 살이었다. 신(神)은, 꼭꼭 머리카락까지 졸이며 숨어 있어도 끝내 찾아주려 노력하지 않는 거만한 술래여서 늘 재미가 덜했고 타인은 고스란히 이유 없는 눈물 같은 것이었으므로.

스물네 해째 가을은 더듬거리는 말소리로 찾아왔다. 꿈 밖에서는 날마다 누군가 서성이는 것 같아 달려나가 문 열어보면 아무 일 아닌 듯 코스모스가 어깨에 묻은 이슬발을 툭툭 떨어내며 인사했다. 코스모스 그 가는 허리를 안고 들어와 아이를 낳고 싶었다. 유자 속처럼 붉은 잇몸을 가진 아이.

끝내 아무 일도 없었던 스물네 살엔 좀더 행복해져도 괜찮았으련만. 굵은 입술을 가진 산두목 같은 사내와 좀더 오래 거짓을 겨루었어도 즐거웠으련만. 이리 많이 남은 행복과 거짓에 이젠 눈발 같은 이를 가진 아이나 웃어줄는지. 아무 일 아닌 듯.

해도,

전벽엔들 꽃을 못 피우랴. 강물 위인들 걷지 못하랴. 문득 깨어나 스물다섯이면 쓰다 만 편지인들 다시 못 쓰랴. 오래 소식 전하지 못해 죄송했습니다. 실날처럼 가볍게 살고 싶어서였습니다. 아무것에도 무게 지우지 않도록.

임계량
—마이크로라이프

나 알고 싶은 것은, 우유가 물컹 젤리로 상하는 그 순간
벽시계와 건전지가 마지막 떨림을 끝내는
단추가 옷을 손놓는
유리가 자신을 깨기로 하는
달리던 공이 멈추기로 하는 그 결정의 순간의 까닭과 표정
바다와 태양의 수평선에서의 마지막 한 접점
사랑과 그리움의 그러한 포화와 소진의 동시다발
꼭 그 한순간 그 한 경계
그 전복의 꼭 한 지점, 그 찰나의 모든 것이
퇴적이 퇴적을 벗어나는 그 폭발의 한 점의 모든 것이
그 모든 것의 마이크로코스모스가

그 옮아가는 변질의 한 순식간이 항상 궁금할 뿐이지
거기 가면 다 있을 테니 썩은 나뭇잎과
발아하는 구름의 관계가 하늘 저편과 이곳에서의 상별의 이치와
내가 네가 되지 않은 결정적인 출생의 이치
꽃나무들 꽃잎마다 색깔 밀어넣는 물빛의 정체가
무엇들 다 어떤 퇴적으로 탈퇴로 그 한 순식간을 얻는지
삶과 죽음이 딱! 옷을 바꿔 입는
그 한 정점의

마이크로코스모스가

네 살의 여자

야야야야—
네 살짜리 한 아이 여자가 5월의 라일락꽃 느티나무 밑을
성냥개비 같은 두 팔 활짝 바람에 꽂은 채
사과 조각처럼 뛰어간다
그 속 원시의 주술사가 세차게 북을 두드린다
라일락 빛 뺨 위로 얼마든지 무한한 날들이
여자의 입술을 귀로 귀로 복숭아처럼 끌어올린다
생에 그리고 사랑에
아직 더럽혀지지 않은 흰 치아 몇 톨이 보인다
질투와 연민으로 가슴이 에인다

훼손이여
나 얼마나 많은 시간의 편지들 뜯어보지도 않고 탕!
문 닫아버렸는지
꽃 속의 뜻들 두려워 서성였는지
그 낭비 덕에 나 살아냈는가
느티나무 같은 네 살짜리 여자가 펼쳐 보이는 시간이
기울인 양초에서 떨어지는 촛농처럼

라일락 꽃잎에서 어깨로 얼굴로 똑, 똑, 너무 뜨겁다

고갱

—〈일본 판화가 있는 정물〉

날 좀더 과묵하게 묘사해다오 슬픔이여

무모함이
파멸이 서리지 않은 심장
그 어떤 진실로
감당하랴

강렬하되 고요한 불길을 나 깨우쳤던가

형광빛 옷자락,
신발 물 붓는 나비들 가득한 일생에

검정 윤곽 너무 많이 그려넣고
탁자 위 이마 잘린 머리통에 연필꽃을 꽂고

일부러 폐 끼칠 마음은 아니었으니 진정

저녁

꿈의 배경이 또 어둡다 먹지 씌워 베껴낸 저녁 어스름
삶의 한 마음은 언제나 거기에 가 있으니

왜 행복이 두려웠는지를 생각해보면
거기 쓸쓸함이 없어서였음을
라일락 꽃잎 같은 쓸쓸함들에 좀더 성실했어야
라일락나무 되었으리라
그 작은 꽃잎들에서 너무 많이 걸어나와버린 길들

그 걸음에 쓸쓸해하는 게 이젠 욕되지도 성급하지도 않은
또 저녁이다

식사법

콩나물처럼 끝까지 익힌 마음일 것
쌀알 빛 고요 한 톨도 흘리지 말 것
인내 속 아무 설탕의 경지 없어도 묵묵히 다 먹을 것
고통, 식빵처럼 가장자리 떼어버리지 말 것
성실의 딱 한 가지 반찬만일 것

새삼 괜한 짓을 하는 건 아닌지
제명에나 못 죽는 건 아닌지
두려움과 후회의 돌들이 우두둑 깨물리곤 해도
그깟 것 마저 다 낭비해버리고픈 멸치 똥 같은 날들이어도
야채처럼 유순한 눈빛을 보다 많이 섭취할 것
생의 규칙적인 좌절에도 생선처럼 미끈하게 빠져나와
한 벌의 수저처럼 몸과 마음을 가지런히 할 것

한 모금 식후 물처럼 또 한 번의 삶, 을
잘 넘길 것

술을 많이 마신 다음날은

나뭇잎 한 바구니나 화장품 같은 게 먹고 싶다

그러니까…… 말들은 무엇 하러 했던가
유리창처럼 멈춰 서는 자책의 자객, 자객들……
한낮의 복면 속에 웅크리고 누워 꽃나무들에게 사과한다
지난 저녁의 내 모든 발소리와 입술을,
그 얇은 신분을
외로움에 성실하지 못했던,
미안하다 그게 실은 내 본성인가

아무래도
책상 밑이나 신발장 속 같은
좀더 깊은 데 들어가 자야겠다
그러한 동안 그대여 나를 버려다오 아무래도 그게 그나마 아름답겠으니

흉터

하루종일 사진 필름처럼 세상 어둡고
몸 몹시 아프다
마음 아픈 것보다는 과분하지만
겨드랑이 체온계가 초콜릿처럼 녹아내리고
온몸 혀처럼 붉어져
가는 봄비 따라 눈빛 자꾸 멀어진다 지금은 아침인가 저녁인가 나 죽은 것인가 산 것인가

빈 옷처럼 겨우 일어나 창밖을 내다본다
개나리 진달래 목련
온갖 꽃들이 다 제 몸을 뚫고 나와 눈부시다
나무들은 그렇게 제 흉터로 꽃을 내지 제 이름을 만들지
내 안의 무엇 꽃이 되고파 온몸을 가득 이렇게 못질해 대는가
쏟아지는 빗속에 선
초록 잎들이며 단층집 붉은 지붕들이며
비 맞을수록 한층 눈부신 그들에
불쑥 눈물이 솟는다 나 아직 멀었다 아직 멀었다

밤, 속옷 가게 앞에서

마음의 길들이 다 아프다 덜어내고 싶은
마음 흐려지는 시야……

세상에서 상처받은 날이면
밤의 정류장 속옷 가게 앞에 서서
내의만 입고 선 마네킹들을 오래도록 지켜본다
그들 몸속으로부터 솟아나오는 나비 빛들,
유리 건너 눈부시게 날아들 때마다
견뎌다오 나여, 한 번만 더 견뎌다오,
무엇이 그리 대단히 슬프고 아플 것인가
혹은 짐작지 못한 고통도
혹은 있지 않았으면 싶은 어둠도
몸빛을 돋우려는 저 검정 슬립 같은 것
그 가슴 한가운데에 놓이는 작은 꽃 장식 같은 것
밖은 아무래도 괜찮다
몸속 거기, 아름다운 것들 거기 다 모여
불빛 켜들고 몸 밖까지 나가는 나비색 불빛 켜들고
가슴 안에 다, 거기, 모여 있으면
무엇인들 아플 것인가
밤 속옷 가게 앞에서 문득 눈물 고이니

그렇게 세상을 또 한 번 건너가라고
신호등도 비로소 푸른빛이다

인어의 저녁

비탈리 샤콘느며 헤비메탈을 듣는다 히피 같은 노을
도저히 쌀을 잡을 수가 없다
흙 위에 내놓아진 물고기처럼
부엌 바닥을 한없이 파닥대기만 한다
비누 거품처럼 미끌대는 몸
두 발은 월남치마처럼 착 붙어 도대체 왜 안 떨어지는지
삶은 구슬처럼 어디에 굴러들어가 안 나오는지
목숨은 순식간에 동이 날 텐데
아아
이마에 피가 밴다

　단숨에 씻어 내놓으면 다인 딸기나
　한 모금 캔맥주나 한 접시의 책 속 몇몇 구절들
　쌀과 음식과 부엌의 다였으면!

창밖엔 들이치는데, 꽃이, 초록색, 저, 저,
연두색, 녹청색, 불이 꽃을, 지르는데, 활활, 아아 활활,
제발, 들소떼로 오는 봄의 불들, 살려줘 제발, 물을 퍼붓는데!

돌파

송곳 끝을 밀어내는 습자지 뭉치
덤프트럭을 통과해내는 채송화
포클레인의 손아귀를 빠져나가는 개미
톱니바퀴를 물어뜯는 카네이션
총알의 중심부를 가르는 촛불

여기 이곳을 끝끝내 돌파하자고 내 사소한 영혼이여

나의 서역
—비망록

서로 소문이나 보내자 추억이여
실물은 전부 헛된 것
만나지 않는 동안만 우리는 비단 감촉처럼 사랑한다
사랑한다 죽도록
만날수록 동백꽃 쉽게 밟혀버리는 간절함들
실물은 없으니 아무 곳에도
가끔 소문이나 보내자

선천적으로 수줍고 서늘한 관계인 듯

오직 그것만이 결별의 한결같은 그리움의
서역이리니

어떤 날에는

어떤 날에는

수저같이
아귀같이
푸른 잎들 새로 돋는 봄날에
하루종일
우두커니
부엌 창 앞에 서서
쏟아지는 물 잠그지도 못한 채 서서
두 손 떨군 채 낮고 작은 창 내다보다
핑 눈물이 도네
노란 봄 스웨터 환한 색깔 옷들 아무리 가져다 입어도
낡은 겨울 검정 외투처럼
스스로 무겁고 초라해서

살아와 지금껏
단 한 번도 누군가 잘. 있. 는. 지. 물어봐주지 않은 듯
어떤 날에는
자꾸 눈물이 나서
잘. 있. 는. 지…… 자꾸 눈물이 나서……

저기 옛 애인들 지나간다 1

옛 애인 저기 있다
이쪽을 보지 않으려고 횡단보도에 선 채
파란불이건만 건널 생각도 못한다
그토록 스펀지케이크 같던 표정
옷핀처럼 차갑게 여미고 있지만
그럴수록 온갖 추억들 영화관 맨 앞자리겠지
화면 속 두 눈동자 자동차처럼 달려나와 산산이
마음의 유리를 흩어버리고
애써 가는 길마다 맨홀들 불쑥 혀를 내밀겠지
없는 겨울 눈보라에 무릎 자꾸 빠지겠지
젖은 눈썹처럼 눈썹처럼 시야 떨리겠지

그토록
아무리 그러한들
가는 길 온통 외면하도록
그러나 한시도 눈 떼지 못하도록
가슴 저미는 실루엣 비슷한 옷 색깔마다 이는 현기증
봄 햇빛 눈 시린 듯 손차양 쓰고
마주칠까봐 마주치지 못할까봐 두려운
어디든 있고 어디에도 없는 신(神)
그토록 잊을 수 없는 옛 애인은 철길 위
달려오는 기차 앞 오직 단 하나의 목숨은

나, 돌아오지 않는 나,

일회의 나, 그 삶, 되돌아온들
아무것도 모를 현생의,
한 번의 나, 그 시간들, 나의
지나감들일 뿐

누구도 자기 자신보다 치명적이지는 않으니

2부

나는야 세컨드 1

누구를 만나든 나는 그들의 세컨드다
, 라고 생각하고자 한다
부모든 남편이든 친구든
봄날 드라이브 나가자던 자든 여자든
그러니까 나는 저들의 세컨드야, 다짐한다
아니, 강변의 모텔 주차장 같은
숨겨놓은 우윳빛 살결의
세컨드, 가 아니라 그냥 영어로 두번째,
첫번째가 아닌, 순수하게 수학적인
세컨드, 그러니까 이번, 이 아니라 늘 다음, 인
언제나 나중, 인 홍길동 같은 서자, 인 변방, 인
부적합, 인 그러니까 결국 꼴찌,

그러니까 세컨드의 법칙을 아시는지
삶이 본처인 양 목 졸라도 결코 목숨 놓지 말 것
일상더러 자고 가라고 애원하지 말 것
적자생존을 믿지 말 것 세컨드, 속에서라야
정직함 비로소 처절하니
진실의 아름다움, 그리움의 흡반, 생의 뇌관은,
가 있게 마련이다 더욱 그곳에
그러므로 자주 새끼손가락을 슬쩍슬쩍 올리며
조용히 웃곤 할 것 밀교인 듯

나는야 세상의 이거야 이거

나는야 세컨드 2

또한 목숨의 물릴 수 없는 단 하나의 정혼자,

그리하여 언제나 목숨을 세컨드, 그
기약 없는 지위, 기어이 이별해버리게 될,
설렘과 체념이 다리를 섞는, 아무리 속여도
끝내 넘볼 수 없는 조강지처, 그 천생연분 버티는,
넘보는 순간 끝장인,

그리하여 언제나 나날을 두 집 살림으로 남몰래
서럽고 파릇파릇 격렬케 하는, 빈집처럼 외롭고
헛헛게 하는, 들키면 머리채 뽑히게 하는, 그리하여
그날까지, 이곳에서의 모든 생,
세컨드, 그
첩질이게 하는, 생의 본처,
그 유일무이한, 단 하나의 영원한 언약, 배신 없는
사랑, 그 영광의
오직 본댁, 은

죽음, 인 것을……

나는야 세컨드 3

서로가 첫번째인 혼인하고 아이 낳고
부부라 불리지만 왠지 항상 당신의
첩인 것만 같지요
당신도 항상 나의 정부인 것만 같지요

당신이 태어나자마자 죽은 본부인이
이 하늘 밑 어딘가에 아직 살아 있어
당신 마음의 제일 좋은 곳을 발라먹고

나 태어나자마자 죽은 내 본남편 있어
귓속에 집을 짓고 끝없이 훌훌 떠날 것을
속삭이는 듯하지요

그러나 모두들 한여름 흰 치자 빛 낮잠처럼
어쩌면 그렇게 태연한 연분의 표정들인지
가을 따라 눈썹 몇 번쯤 깜박이면 시야도 창호지 너머처럼 뿌옇게 스러져
스러지다 촛불 탁 엎어지면, 그제야 본댁으로들
각각 돌아가, 삶, 이라는 불륜, 에 대해 무슨 용서와
고통을 치를지, 보지 못한 태생 저편의 본가가 살수록
그립고 궁금치 않은지요

나는야 세컨드 4
—연애편지를 위하여

무언가 잊을 수 없는 일을 하고 싶지요
—개나리꽃 환합니다 사랑하는 그대 봄볕처럼
겨웁던 눈빛은 여전한지요 혹은 죽었는지요

아주 긴 총을 들고 나비처럼 사뿐 세상의 옥상에
올라가고 싶지요—당신이 준 연보랏빛 스웨터를 찻집에
잊고 나왔었죠 창밖이 온통 벚꽃의 일생 같기에요.

올라가서 그대 머리에 총구를 조준하고
싶지요 정확히—사람에게 그 무엇 있어 그토록 열렬히
서로 넝쿨 오르고 그 무엇 있어 고양이 발처럼 돌아서고
대체 사람들에게 그 무엇 있어 생에게 대체 그 무엇 있어

찻집 유리창 너머로 그대 얼굴이 마악 부서지는군요
사람들이 웅성대네요 무언가 잊을 수 없는 일을
하고 싶었지요—싱싱하고 맑은
벚꽃색 손톱같이 자라리라던, 벚꽃같이
짧게 깎아내버린 사랑 봉숭아물인지 핏물인지 알 수 없는

가만, 피 흘린 채 들것에 누이는 저건
나 아닌지요 저 옥상 위 저건 당신이 아닌지요
대체 무슨 잊을 수 없는 짓을 한 건가요 어제도
나, 누군가의 총을 맞고 죽었었는데—꽃이 피려고
스스로 애를 쓰는지 바람이 불려고

스스로 애를 쓰는지 사랑도 스스로 사랑을 애쓰는지

연보랏빛 스웨터가 툭툭 목숨을 털고 일어나
봄날에 다시 사랑을 하고 총을 들고 옥상을
오르고 우리 탁자 낭자히 보랏빛 스웨터가 흩어지고,
다들 뭔가 잊을 수 없는 생을 갖고 싶은 게지요
—돌아와 다시 연애편지를 쓰지요 생이여 여전한지요
나비처럼 가볍게 우리를 들어올리곤 하면서 아름다운
날들이에요 용서해볼까요 우리 어디 한번 나는
바퀴벌레도 죽일 수 없어요 말하죠 가라 안 보이는 데 가서
살아라 너도 나의 전생일지 모르니

나는야 세컨드 5

—우리들의 리그

세상은 단지 두 집안으로 나뉜다
메이저리그와 마이너리그
박찬호—마이너리그 때는 외로웠어요 혼자라는 생각에(마이너리그에는 사람 수도 훨씬
많은데……)
마이너리그 사람들은 사소한 모욕일수록 목숨껏 화를 낸다
요즘 시 안 쓰나봐요, 안부를 물으면, 속으로
경멸한다. 천한 것들. 밥 먹는 것 못 봤다고 요즘 통 식사
안 하시나봐요 하다니 청탁이 없다고 시인이……
……열등감만한 무기가 어디 있으랴
일 다녀보면 메이저리그의 수위 아저씨는
마이너리그의 사장님보다 더 무섭고 당당하다
미국인 선생을 위해 영어 학원에서는 이름을 간다
아이 엠 톰 유 어 린다
꽃일수록 서양풍으로 처신해야 한다 그래도
마이너리그의 의자 수는 소파
메이저리그의 의자 수는 못임을 위안하지만
나라가 토끼 형상이라
우리는 유난히 눈들이 빨갈까 지구는
어디나 그럴까 우리가 아무래도 유난할까

덤으로 마음도 늘 메이저와 마이너로 나뉜다
거기서는 항상 먼지가 붕새를 쪼아 죽이곤 한다

불행

음료수 캔에서 못이나 벌레가 나온 적도 없다
길을 가다
공사장 돌벼락에 맞아 죽은 적도 없다
애인이나
전세금 지갑을 지하철에서 분실한 적도 없다
수면제를 사 모아 자살해본 적도 없다
20세기 말의 폭주족에게 납치되지도 않았다
감옥에서의 조찬을 해보지도 못했다
시인이 되었다
스물두 살 이후로 항상 직장과 급여가 있었다
스트레스로 대머리가 되지도 않았다
편지들이 있었으되

사랑의 이름으로 처형당한 적도 없다!
창밖엔 봄꽃들. 도대체 어쩌라는 것인지!

나의 비비안 리

아파트 입구나 길에서 가끔 그녀와 마주친다
나의 비비안 리
사십 중반이라건만 너무나 아름답다
꽃무늬 정장은 도도하고 쓸쓸한 눈썹에,
때론 회색 옷조차 스님인 듯 잘 어울린다
어느 날은 허공을 향한 검은 눈동자가 꼭
검정 베일이나 벨벳 모자만 같다

누구는 애인을 만나러 가는 것이라고 하고
누구는 남편을 지키러 나가는 것이라고 하는데
어쨌든 갓 구운 토기 냄새를 내며 매일
제비처럼 유려하게 흔적 없이 돌아오는 외출

그러던 흰구름들 양처럼 유리창을 뜯던 오후
갑자기 비가 쏟아지거나 하지는 않았다
다만 그녀의 집에 검은 조등이 내걸렸다
누구는 그녀라고 하고 누구는 남편이라고도
하고 둘 다 아니라고도 하고
그녀 가족들이 손수 끌고 가 가뒀다고도 하고
남편은 그래도 그녀를 사랑한다고 울부짖었다고도
하고 누구는 각각 이사를 갔을 뿐이라고도 하는데
생이 퍼뜨린 흔적들은 어쨌든 없었던 일처럼
내음만 조금 남았다 가는 것이니
나의 비비안 리

나는 그녀가 라일락 향기 아래서 혼자 잠시
눈물짓는 화면도 보았지만 그 화면도 마냥
아름답기만 했을 뿐 달리 그 어떤 방도도 없었으니
허공의 향기나 내음들이 어찌할 도리가 없듯이
아마 그녀에게도 남편에게도 어쩌면
화면을 만든 영화감독조차도 달리 어쩔 방도가
없었을지도 모를 일이었다

마음의 근황

그저께 저녁에는 눈 내리는 골목길을 마악 돌아섰지요
일주일 후쯤에는 밤 버스 차창을 내다보다가 눈물 핑 돌았지요
오늘은, 오늘도, 어김없이 그대 사랑의 전화를 받았습니다
잘못 걸려온.

내년에는 사람 없는 곳을 찾아가
사람들을 생각하는데 봄이 꽃피어 가슴 아팠습니다
3, 4년 후쯤엔 처음으로 세상을 사랑하려 애썼지요
그저께 밤에는 거울 앞, 화장을 지우고 보니
푸른 시신인데 많이도 살아 돌아다녔더군요
무엇을 더 갖고 가고 싶었을까
바위들 치마에 스쳐서 다 닳아 없어지는
반석 겁의 시간쯤엔 내 눈빛도 맑아졌습니다

그러고 보니 눈물 잘 흘리던 전생에는 사랑이
참 많이 힘들고 미안했었습니다 부디 용서하시길

그리운 심야

암고양이 한 마리
깊은 밤 소리 없이 담벼락 넘네 검고
풍만한 눈매와 부드러운 고무 발의
비밀스러운 교태
달빛을 살피며
너 어디든 몰래 나가도
불량소녀 같은 내 영혼은 단번에 알아듣지
다른 생으로의 출분, 네 두근거리는 심장 소리

그래 다른 생은 잘 있는지
검정 양복의 연인처럼 그리운 밤 카페들과
눈물처럼 글썽이던 막차의 차창들은
철제 셔터 내려진 어두운 상점들은
붕대같이 하얗게 빈 도로는
정든 미치광이 친구들
무청 같은 새벽 거리는
있기는 정말 있었는지 아침마다 조용히 이불 밑
그대로이던 네 흰 발목의 검정 같기는 정말
담을 넘었던 것인지 실밥처럼 흰 눈 쏟아지는
밤거리를 달리기는 달렸던 것인지 달려 다른 곳
다른 시간의 정말
있기는 있었는지 나 살았던 것 같기도 하고
살아보지 못한 것 같기도 한 다른 창밖 다른 생이

가을 통화

"아침에 일어나면
늘
어떻게 하면
어제보다 좀 덜 슬플 수 있을까
생각해요……"

오래전 은동전 같던 어느 가을날의 전화.
너무 좋아서 전화기째 아삭아삭 가을 사과처럼 베어 먹고
싶던. 그 설운 한마디. 어깨 위로 황금빛 은행잎들
돋아오르고. 그 저무는 잎들에 어깨 집혀 생이라는
밀교. 밤의 어디든 보이지 않게 날아다니던. 돌아와
찬 이슬 털면 가을밤. 나도 자주 잠이 오지
않았다.

속 그리운 심야

그리운 밤

밤마다 담을 넘던 마음속 도둑은
밤거리에 집을 짓고 싶던
핏속의 목수는
말썽 피우지 않으면 견딜 수 없던 청춘의 그날들은

술집 출신처럼 밤 풍경이 그리워요, 하던
그 고양이 발목 저문 지금도 눈송이처럼 담을 넘곤 하는지
필사적으로 넘곤 하는지

언덕 위의 베란다

언덕 꼭대기 낡은 아파트 십사층
베란다 문을 열 때마다 기차 소리가 우르르 나고, 아래를 내려다보면 지붕들 모두 철교 밑
강물처럼 보이지 수천의 꽃잎들이 폭신거리며
방석처럼 안성맞춤, 안성맞춤, 외치는 소리 들리지

그래 이제는 박하향처럼 화아— 날아올라야 할 때
더이상 부모 같은 세상을 힘들게 하지 않도록
발뒤꿈치를 한번 박차기만 하면 나도
비로소 날개가 되리라 허공 속 검정 머리카락들이
망토처럼 시원스럽게 펼쳐지면서 전혀
다른 종(種)이 되리라 종소리가 되리라 손 닿지 않던 하늘도
온통 솜사탕처럼 입에 묻히며 부리 끝에 물고
저 수평선 너머까지라도 맘껏 펼쳐지리라
아주 다른 육체와 언어를 시작하리라 마음을 바꾸는 마음을 보리라 생을 바꾸는 생을
너무도 큰 그 날개와 노래 누구도 감히 알아보지
못하리라 아주 잠깐 생의 한 발만 헛디디면
아침 나팔꽃처럼 한 번도 못 겪은 몸과 마음이 활짝
되살아나리라

대도시는 나의 고향

네온사인과 대리석과 플라스틱 꽃나무들과 흰 와이셔츠같이 건조하고 단정한 이웃과
차가운 눈빛과 이기심은 오 내 고향

주황빛 황소 노을 대신 회색 노을 지나가고
나뭇잎들 종일 손으로 입을 틀어막는 곳
낯선 이들일수록 친밀감에 넘쳐 사은품처럼 초인종을 누르지
그럴수록 아무도 대답하지 않는 곳
전화벨 소리 그침 없어도 낙타처럼 외롭고
외로워 늘 파티와 일탈의 식탁이 펼쳐지는 곳

크리넥스 같은 대화와 햄버거 같은 관계들
온갖 빛깔의 질투와 검정 선글라스가 잘 어울리는
어디엔가는 그런 고향도 있어서
싸구려 좌판 위 매니큐어 같은 영혼도 있어서
영혼들 비닐을 묻는
대도시 오 나의 고향

인도로부터의 편지

1

……한국에서는 꼭 간첩 같다가 이곳에서는 또
완전한 이방인입니다. 참, 기억나죠? 마지막 술 마신
집, '곰팡이'였던 것……

그랬다 아무리 해도 곰팡이 같은 느낌
무엇이든 꽃피어 썩는 느낌 속
삶은 늘상 낙화 탕진에 더 많은 힘을 쓰게 되니
곰팡이 속에 앉아 우리들 그날
이 땅에서의 살 수 없음과
이 땅에서의 살 수밖에 없음에 대해
음악과 애증 따위 성격과 추억과 유혹과 쓸쓸함 따위
에 대해 삶의 섭섭함과 인간의
저 깊디깊은 검은 탄맥에 대해
너무 많은 말을 했던가

2

……이곳 승려들은 오렌지빛 가사를 입어요
득도의 순간 그 오렌지빛은 황금빛으로 변하죠……

오렌지빛에서 황금빛으로 바뀌는 사랑에 대해
사람과 사람 사이에 서리는 유리창의 두께와
훈풍의 무늬며 성에꽃에 대해
노을같이 장엄한 상처들에 대해

집착을 버리는 사랑, 그런 낡은 잠언에 대해
만년설 얹은 인연과 업, 그 아래 햇빛의 일상과
인도로 떠날 수 없음과
인도로밖에 떠날 수 없음에 대해
기억보다 망각에 더 마음 버리는 삶에 대해
수갑 같은 손과 마음에 대해
그날 우리는 말없이 손이나 흔들었던가
네온사인 같은 '곰팡이' 속에서

3

몇 년 후, 돌아온 그는 입산을 하였다

회귀

—비망록

누가 또 어디서 날 저버리는가보다
저녁 산책 수박향인지 자두향인지 싱그러웠는데
돌연 또 가슴이 저리다

웅크려 앉으니 초록 나뭇잎들 폭설처럼 떨어지고
등이 아프다 바다 한가운데인 듯 지나가는 행인도 하나 없고
다행이다 많이 슬프거나 외로울 때에는
날 발견치 말아다오 오직 신 외에는
간절함은 우리를 사랑하다 증오케 하곤 했으니
미안하다 미안하다 몇백 번이라도 미안하다고
나를 만난 내 모든 생에 용서 구하면
떨어진 초록 잎들 다시 나뭇가지 가 붙고
바닷물 아무리 덮쳐와도 물속 물고기처럼
다시 또 아무 일 없는 아늑함으로
끝내는 이 저녁마저 산책게 해주리라고

물끄러미

—그것, 이즈음의 나를 먹이는 내 어머니의 이름……

은적사 대웅전 마룻바닥에서
붉고 노란 잎들 떨어진 금언의 가을 마당에서
극락전 단청 뒤 숨어 남은 나뭇잎 부처들 보며……
다리와 입술을 거둬버리면 나 또한 닮을 건가……

상처가……

어린 나를 죽인 생모 하나가
내 안에 절을 짓고……

그렇게…… 나를 본다

세상이 나를 용서하려고 내가,
내가 먼저 또 그만, 울고 만다……

가을 세탁소

부르주아 가을. 문패에 나프탈렌 내건다. 지난여름 해충처럼 괴롭던 관계들
얼씬도 마라

저 다리미 바닥으로부터 오는 자주 벨벳의 가을
따뜻함이 스쳐내는 접신의 경지
맑은 어깨며 가슴을 되살려내는 저 대단한 의술 좀 봐
스러진 꽃들 생생히 되돋우는
저런 사랑
모든 변덕과 상처들 한약처럼 잘 달여내
마침내 온화함의 지복을 누리는

가을 세탁소 앞을 서성인다 구김 많은 한 벌의
옷처럼

본동 258

그 집이 돌연 잠적하지나 않을까
비 오는 날이면 후드득 마음 거둬 차에 오른다

제1한강교 건너자마자 거기 남색 누추를
사고팔아 또 누추를 이익 남기던 긴 파 같은 시장 길과
더 쇠잔할 데 없으나 없어지지도 않는 여인숙의
늙은 내의 걸린 분꽃 마당

저녁 슬픔 못 이겨
사육신묘, 무덤 곁을 거닐면 살아 있음의 복락 없는
가슴에서 장마 진흙 냄새 눅눅하던 시간들

불. 화. 불. 화. 온통 불길만 주고받는
신문지 같던 집, 부모처럼 영원히 그대로 있을까
두려워(얼굴 한번 본 적 없는 낯선 두 남녀가
제멋대로 내 생의 시작이라니!)
그 집 지우러 빗속을 간다
젖은 옷처럼 자꾸 마음에 달라붙는 상처
떼내려 애쓰며
어떤 이유가 나의 생명이었는지
삶의 몫인지 세상의 그 한 집에 물어보려
묻기도 전 그 집 사라져버릴까 두려워 자꾸 되돌아가
본다

3부

나는 좌절하는 것들이 좋다

함박눈 못 된 진눈깨비와
목련꽃 못 된 밥풀꽃과
오지 않는 전화와 깨진 적금,
나를 지나쳐 다른 주소로 가는 그대 편지

나는 좌절하는 자세가 좋다
바닥에 이마를 대고
유리창처럼 투명하게
뿌리의 세계를 들여다본 것들
마치 하늘에 엎드려 굽어내려보는 신 같은

쓸쓸함에 대하여

—비망록

그대 쓸쓸함은 그대 강변에 가서 꽃잎 띄워라
내 쓸쓸함은 내 강변에 가서 꽃잎 띄우마
그 꽃잎 없은 물살들 어디쯤에선가 만나
주황빛 저녁 강변을 날마다 손잡고 걷겠으나
생은 또다른 강변과 서걱이는 갈대를 키워
끝내 사람으로는 다 하지 못하는 것 있으리라

그리하여 쓸쓸함은 사람보다 더 깊고 오랜 무엇
햇빛이나 바위며 물안개의
세월, 인간을 넘는 풍경

그러자 그 변치 않음에 기대어 무슨 일이든 닥쳐도 좋았다

그저 굶다

—비망록

……다섯 끼째다…… 문득…… 그냥이다…… 형광등처럼
눈부셔지는 몸속 길들 목련꽃이 그 빛을 타고
오르는가 누가 거기서 옷깃을 여미나보다
낡은 흑백사진 같아지는 희미한 기운이 반갑다
어디선가 밤 기차 소리 들려오고 들려오고 은총같이

자코메티의 철사 여자들을 본다 극한으로
밀고 가는 슬픔 바라건대 실낱만큼만 세상에 폐 끼치며
저가 바람에 불리는 겨와 같이 어떤 무거운
알곡도 다 내려두고 마음으로 다 져주고 마는
눈빛으로 바라건대 삶이 떠미는 쪽으로 가 닿고
닿으며 저녁 빛마다 노루 꼬리만큼만 작게
울먹이고자 하나이다 원컨대 저가 쓸쓸한
무릎 꿇고 꿇어 삼라만상 눈물 어룽거리기를
어둑어둑 며칠 식사를 잊어본다 그저…… 문득이다……

헤비메탈을 들으며

—선배도 이젠 고상한 음악 좀 들으세요
나이도 있는데…… 온 국민이 다 재즈 팬인데……

돌아와 또 메탈 볼륨을 올린다 드럼스틱이 튀어 식탁을
두드리고 신발장 안의 구두들 일제히 날아오른다
미안하다 이웃들이여 나 진심으로 그대들 사랑한
적 없다 서로 사랑하지 말고 묵묵히 멀리 있자고
그것만이 진실이리라고
나 또 이렇게 시끄러운 볼륨을 높이니

고백건대 국산도 말고 외제 메탈만 듣는다
멀리 있어 알아들을 수 없는 언어들
상처가 되지 않는 거리
라벤더와 제라늄 식의 먼 명칭들
고백건대 저녁 무렵이 되면 신데렐라처럼
소리치고 싶어진다 돌아가야 해요 난 실은
사람이 아니에요 난, 난 식물이란 말예요!

매일 몇 마디씩이라도 하는 내가 때로 시끄러워 견딜
수가 없다 침묵과
슬픔과 내향만이 내가 아는 메시아이므로
그러므로 누가 뭐래도 나는 무겁고 묵묵하게
그 고요하고 슬픈 음악을 들을 것이다 언제까지나
식물처럼 깊어질 때까지

기혼의 독방

아침이면 그녀, 순례에 나서네, 복덕방 아저씨 어디 없나요, 가시 없는 잎사귀들의 마을,
봄의 초록 은행잎처럼 눈에 띄지 않는,
서양 물감 빛들 한 켜씩 셀룰로오스를 떨구는 방,
절친한 가족도, 낙지 같은 가재도구도, 정부도 찾지 못할, 나무 꽉대기나 11월의 바닷속인들, 늦가을 포도 잎이나 신문지로 벽지를 댄들, 물그릇처럼 고여, 고여 유화물감처럼 짙어지는, 하루 몇 시간쯤 수증기처럼 아무도 모르게 홀로 나비짓하는,

누구와도 섞이고 싶지 않은 시간, 그런 방요, 창호지같이 제 불빛에 은은해지다가
빈둥대다가 울다가
수녀들 기도 소리에 몰래 마음을 달래다가
삿된 사랑에 마음 서성이다가 그 아무도 모르는 독백같이
혼인 속 독방은 왜 자꾸 필요한지요, 아침마다
지상에 없는 주소 들고 그녀, 평생의
반려자인 듯 복덕방 아저씨와 세상의
모든 방문들을 그녀, 자꾸만
열고 또 열어보네

나는 지나간다

마음에 성에가 끼어 건너편이 다 흐리다
나아갈 수가 없다 짐작 안 가는 희미함이
아름답던 시기는 다 지났는가 모든 시기가
다 지나갔는가 그리고 그것 모두 다
내 잘못이라는……

이제 겨우 소녀 시절 여름 저녁 분꽃 앞에 앉아
울컥이던 날들 갓 베인 핏방울처럼 선연한들……

타인, 타인들

그대들 내 곁을 스쳐갈 때마다 손목에
꽃이 돋고 돋아 가지를 뻗고 무성한
나뭇잎들 마음을 뒤덮어 온통 그늘을 만들고
그 무성한 슬픔인지 기쁨인지 모르겠는
마음 털어 겨울 눈 내리는 길가에 홀로 오래도록
서 있으면 전신주처럼 속이 따뜻해지기도 했다

부질없다 부질없다 부질없다고 대웅전 앞마당을
서성이던 기억밖에 더는 무엇이 있을 건가
몸 이룬 흰 모래들 벚꽃잎처럼 화르르
털어내는 바람이 있을 뿐 손목의 꽃이며
마음 그늘도 다만 흩날림일 뿐 모든 생의
유일한 흔적은 오직
혼자일 뿐이라는 것

1997, 슬픈 산책, '본때'

오후 네시 반. 그저 옷 갈아입고 나선다
마음이 낡은 흑백사진을 이기지 못하니
천천히 걸어 4 · 19탑 근처 이층 레스토랑에 오른다
이름이 '본때'다
역사의 본때를 보여주었다는 것일까
요즘 그런 레스토랑 이름이 있으려고
혹은 불어거나 스페인어쯤일지……
아무려나 그랬으면 좋겠다
지금은 본때, 그 아픈 한국어를 되새기고 싶지 않다
삶을 모욕했거나 벼르게 한 죄 그토록 많아
자주도 쓰라린 대가들 치러야 했는지
아직도 맛봐야 할 생의 본때들이 안 가본 나라의 요리처럼 많이도 남아 있을지
내 쪽엔 보여줄 아무 뜨거운 본때도 없으니
저절로 두렵고 쓸쓸해라 창 아래 '본때' 길가 간판에
전깃불 들어온다 이제 일어나야 하리라
곧 연인들이 밀려들 시간이리라 혼자 앉았던
자리를 잠시 돌아본다 빈 옆자리는 늘 서운했던가
사랑도 결별도 한겨울 쇠 손잡이에 쩍, 손 데는 일
순간적으로 오해하는 뜨거움이려니
그런들 오해에 기뻐하는 게 스스로 짓는 울타리일지
이제는 바삐 돌아가야 할 시간

레스토랑 '본때'로의 산책은 언제나 가파르다

편력

파꽃이 피었던가요 국화꽃 매워 울었던가요 맨발로
저녁 강물 위를 한없이 걸었던가요 편지들 모아
양지바르게 무덤을 세웠던가요 눈물이 바다로
가자던가요 갈대 소리 나는

흐르는 기찻길 따라 너무 먼 곳까지 갔던가요
헌옷처럼 낡아가는 시간들을
가며 가며

적. 멸. 에 당도했던가요 깡그리 불타 사라지는 것들
없는 것들과 기념사진을 찍었던가요
한겨울의 적멸보궁. 마침내
상복처럼 흰 눈발 쏟아지고 가로등도 무너지고
신발이 더는 움직이지 못하고 마침내 그리운
입적.
그후.

비로소 그 어떤 다른 목숨이 생기던가요
스산한 겨울나무들이
푸르른 형광빛을 내던가요 비로소 무엇도
아무것도 아니던가요

아무것도 아니던가요

그렇게 사랑을

—비망록

옛사람들은
치자꽃 열매에서 배어나오는 노란색이며
관목과 바위 밑 푸른 이끼에서 꺼낸
천연의 색물들을 가져다 썼다지
그렇게 흰 광목도 자목련 빛이며 남청색으로
본디 바탕마저 아예 바꾸었다지

내 안에도 혹 치자 소리 나는 꽃잎들이며
그늘에서만 오래 묵은 녹색 이끼 같은
타고난 색염료 있어
그대 바탕 물감 들여 영영 빠지지 않았으면

바닥의 날개

가을 속 마른 구두 태우는 냄새가 난다
어디서 또 누가 헤어지는가 변심과 상처가
지나가던 바람결을 흔드는가

그…… 생에 우물을 내는 일

난지도 쓰레기 더미 지나다가 보았다
뒤섞인 음식과 헌 양말과 찢긴 사진과
깨진 노란색 컵과 머리카락들…… 쌓이어
오색의 열반 단청!

그…… 우물에서 끼쳐오는 깊고 진한 향

날마다 기억건대 바닥이 말했다
자신의 계단을 디딘 이들에 대해

속 인어의 저녁

마침내 요리 학원엘 다니기 시작했다

인간을 만들고 싶으니 우선 말 비린내를 없애는 법부터
타인의 접시에 돌을 끼얹지 않는 법,
아무렇게나 뱉은 독한 고추며 압정과 껌들 돌아와 입을 다치지 않도록
끓는 물속일수록 더욱 색깔 돋는 시금치며 꽃게들의 상처
불쑥 떠오르는 다시마색 추억들
잔뜩 들러붙은 오해들, 젖은 지폐처럼 가만가만 떼어내며
연꽃 접시들에 마음을 잘라놓아

일품의 인간 오른 식탁 내고 싶으니

봄, 군인처럼

어린 봄비들 훈풍처럼 흩날리는 봄날
갓 핀 벚꽃잎들 떨어진 긴 얼룩점박이 길 위를 걸으며
낡은 신발처럼 걸으며
난 아무것도 아니다
난 정말 아무것도 아니다
이 미물은 맹세코 아무것도 아니어서 계급이여
이제라도 그 과분함에 충성하겠다
묵묵한 모든 것들에게마다 진심으로 충성하여
한 발짝마다 바닥. 바닥. 바닥…… 그 저린 관등 성명으로
고개 숙이니

얼굴 가득 초록색 나뭇잎 그림자 칠하고
나무들 속에 섞이니
이등병 같은 눈물이 앞을 흐린다

돌

사람들 내게 마구 돌을 던져도 괜찮겠다
푸른 멍들 꽃밭 이뤄도 괜찮겠다
벌이나 죗값보다 살아 무엇이 더 깨끗하겠나
상처나 좌절을
명예로 알 젊음도 지났지만

진심으로는 인간에 스미지 못했다
늘 붉은 옥도정기처럼 쓰라리게 도망해서야 모든 병 나으리라 했다
마음을 주어 마음을 받는 선한 물물교환
깨달음이라곤 이 넓은 천지간
내놓는 마음만큼만 누리리라는 것일진대
인간을 사랑하지 못했으니
온몸, 무덤처럼 퉁퉁 붓도록
인간의 돌을 맞아
쓰러진 김에 입관 같은 뿌리 다시 내려
치마 같은 활엽수 선선히 펄럭이는
아예 다른 근원에 가보고 싶다

삶

—오타, 오쇄

다밑 서뛰도 모자라 해어봐지 드나드는데
그는 자라 시방 안에서 내가다
쉬사은 지펌 팝 괴펌김 도끝 처아 팣 데리괜 하는
옥용흙종김뭐게 그펌 돗 자거이 ㅁ 서봐
나는 무서품
그나마 글했한 뜨 냥 킬 홍 짱 아고? 아말리는 것
다 많"한 밥털털 리도 아완고 십유쑥 롭못서 지어가는
가도 좋은 하봐
이스 서뛰만 가면 매리가 아파권
하루도 못 가 람싱에 오펌킨섹ㅅ
도시은 못때디게 혹 것도 풍싱지
은 드온사인 즈읏이 보고 파어서 한싫다에 오펌면권
어제는가
처음으로 나 또한 쌀한 것이 코이 리히지만
그만게 그 다휘게 냥 팝 괴 펄 김
가끔씩 놀러나 가던
풀 에만 품베어피 이 ㅁ 서
회 론

불행의 덕성

묵언에의 경배
햇빛 좋은 골목
인연도 인연 아님도 다 비끼어가길
나 없다

세상일들 무얼 믿고 그랬는지
생각해보면
언제나
오직 불행이란 풀 언덕을 믿고서였다

없건만 있는 풍경에의

—혐오 시설

내 살아가는 힘은 알 수 없는 풍경에의 전율들
실루엣처럼 문득 솟는, 살았던 적 없는
소읍의 풍경과 여름 하늘의 적요, 저녁의
대하소설 빛 노을, 없건만 있는 그런 기억에의 전율들

　아파트 화단의 철제 여인상을 철거한다고 한다
　혐오 시설물이라서
　철거반원들이 오는 날, 부리나케 도망했다

내 살아가는 힘은 아무래도 자기혐오
가슴에 손수 쉽게 저녁 물 들이니
거울 보기가 미안하다 마음이여 청춘도 다 갔는데
아직도 아름답지 못하다니

조금만 더 기다려다오 없건만 있는 기억들이여
혐오 다하면 네 안으로 투명 햇살처럼 걸어들어가
너희들을 살아주리니

밤의 대화

1

월드 이즈 뱀파이어*를 듣는다—흡혈귀가 더
나아요 목숨 걸고 입맞춰주잖아요 미혼녀 1 남자가
있어야 해 결혼은 관둬도 몸에는 미혼녀 2 애드벌룬
같은
설탕 같은 사랑들이 무서워 기혼녀 1 마음 떠난
사람과 나누는 몸이 제일 처절해요 절정 대신 눈물이
나요 미혼녀 1 이젠 창 넓은 찻집에서 편지나
받는 사랑이 하고 싶어 기혼녀 2 일동—하! 진정한 사랑이나 찾는 여자는 개도 안 물어간다구요!

다들 우울했다 전국적으로 맑고 고른 봄밤이라는데

2

멜론 콜리와 무한한 슬픔**을 듣는다 온 생을
호텔에서 별장에서 살고 싶어 아니 이런 지하 카페에서
아니 서해 바닷가에서 오렌지카운티나 히말라야
그런 먼 바깥에서 아니 집밖!이라면 어디든 아니
마음 밖!이라면 그 어디든! 건스 앤 로지스를
듣는다—배반의 총보다 권태의 장미가 더 불길해—
얼굴을 뜯어고치고 싶어—치욕이 더는 못 알아보게
—결별이 더는—온 사람이 다 날 원했으면 좋겠어—
비가 오나봐요—개나리떼야—미친년들
—남자들 말예요—실연 말야—봄 말예요—아아 또

다시 그들 손에 죽을 것 같다니—청산가리 중독 말예요—

천치!—교수형 말예요—아아 진정 나쁜 결별이에요

어느 봄밤 유화물감 같은 지하 세상에서였다

* Smashing Pumpkins 〈Bullet with Butterfly Wings〉 중에서.

** Smashing Pumpkins 〈Mellon Collie and the Infinite Sadness〉.

4부

봄기운

개나리꽃이 터졌습니다 환하게
진달래꽃이 터졌습니다 아프게
그들 곁에서 나도 붉게 핍니다 피, 입니다
지난겨울에는 정말 파산 같았지요
무엇이든 빨리 버리라고만 하는 사람들 틈에서
사랑에 대한 생각은 갈수록 불온으로 몰리고
나라를 문란히 하지 않기 위하여
사소한 악수도 불륜처럼 두려웠지요

이젠 산이 화투 치듯 마음대로 피었습니다
누운 들도 그렇게 피었습니다
따뜻한 목련꽃들 밥물처럼 끓어오릅니다
그들 속에서 패가망신 화투쟁이처럼 내 사랑도
어쩔 수 없이 피어납니다.
어쩔 수 없이 피, 납니다.

부엌에 대하여

여름 바다가 출렁이는 거리
원색의 마음 풀어내
샌들 신고 팔 없는 원피스 입고 나서는
대신 그 여자들
일제히 김치를 담근다
손톱 밑이 금세 새빨개진다 습관성 코피같이
작은 부엌 창으로
이 세상 것 아닌 것 같은 여름 하늘을 본다
이른 저녁 준비
수저에만 부딪혀도 금세 파랗게 멍이 든다
　　그런 체질이 있어요. 부엌에 가면 유난히 넘어지고
　　다치는. 하염없이 창을 내다보다 냄비나 태우는.

아무리 씻어도 씻기지 않는
생선 비늘 같은 부엌물 젖은 담요들
빨래집게처럼 콘크리트처럼 닥쳐오는 식사들
그 아늑한 행복이 너무한다 싶어
붉은 손 들어 우는 여자들
일수 빚처럼 매일 한 번씩 찾아오는
노을과
우울
곧 싱싱하고 아름다운 저 거리들 사라지리라
곧 김치 다시 담가야 하리라
한번 나가보기도 전에

소식

—비망록

그것이 오리라 토요일마다 옷이나 다렸다 갈 곳이
없었다 실은 비는 내리고 뜨거운 다리미는 치익
기차 소리 내는데 목련같이 목 긴 이십대 주말
마음 둔 남자들은 다 가투 나가고 없는 주말
이 정권은 정말 타도되어야 해 연애를 가로막는
정권은 사랑 없는 토요일은
일요일 없는 노동만큼 지독하니

피처럼 몸을 떠돌던 갈증 호리병같이
손 쑥 넣을 수 없던 연애 1980년대 그 토요일들
전화는 사사로이 울리지 않고 당연히 울리지
않고 종일 다림질이나 하면서 다리미에 깔린
원피스 속 꽃들 새까맣게 잎 져버리도록 나는 그로부터 몇몇 년 뒤까지도
아직 굉장히 사사로웠는데,

소식 2
—비망록

소식이 오리라 서른 살 이후에도 여전히 토요일
아침이면 다림질을 했다 소식이 올 테니까 마른
꽃무늬에 물을 뿜으며 뭔가 다른 생이 올 테니까
뜨거운 다리미에 손을 데면서 생화 꽃 같은
생, 30년이나 넘게 기다렸으니 전화해주겠지
새 시간을 내주겠지 열심히 다림질했건만

　세상은 여전히 그을음으로 가득하고
　일요일 없는 달력처럼 더욱 견딜 수 없는 것들
　다릴수록 구겨지는 길들 꽃무늬들 다 잦아들고
　떨어져내리는 나비떼

소식 따위는 오지 않았다
제 속으로부터가 아니면
무엇도 오지 않으리라고
가슴이 저에게 묻는다
나여 무슨 소식을 가졌는가

고백

나, 아무래도 지뢰인가봐 늘 인적 드문 곳에
몸을 숨기지 숨겨 기다리지 흙처럼 오직
사람 발자국만 모른 척 모른 척

마침내 누군가 다가오지 멋모르고 닿아오지
그 순간 그 환희 너무 두려워
폭발하고 말지 산산조각 폭발하고 말지

깨어보면, 그 사랑들 형체도 없다

내가 다 죽였단 말인가!

희망

태양과 달이 여전히 약혼반지처럼 날 맴도는지
별빛들 한낮에도 줄곧 내게 눈길 주는지
한겨울의 나무들 차마 날아가버리지 못하고 못하고
흰 눈 내리는 강물 위를 걸어 걸어
우편배달부가 매일 나를 향해 똑바로 걸어오는지
새벽 배달 우유 같은 편지 들고

하릴없는 망상으로 꽃에 취해보네 마음을 키워보네
아이스크림 스푼이 되고 싶다
어둠을 떠낸 자리마다 흰 달걀빛 희망을 낳고
그 유리알들
주로 손 놓쳐 깨곤 한다마는
손바닥 오래 쥐고 있으면
병아리 깃털들 노랗게 날아오르리라고
이젠 나도 생에 잔뜩 설레보고 싶으니

참패 시대

강한 팀에겐 당연히 지고
약한 팀에게는 방심하다 지고
맞수에게는 심판 때문에 지고
어쩌다 간신히 이기면
스포츠신문이 쉬는 날이라 보도가 안 된다*

인생을 겨누어 용케 먼저 방아쇠를 당긴 날은
총구를 빨대처럼 제 입에 문, 혹은
지푸라기가 장전된 총
그러한 유머 어린 불운과 박복이
없는 라일락 냄새가
입덧처럼 그리운 겨울
흰 눈이나 노을이 되지 못한 먼지들
이마 위 저녁 어스름의 흔적을 가진 이들
부끄럼을 잘 타는 내성적인 남자들이
입덧처럼 그리운
겨울, 없는 라일락 냄새가 그리운

* 카피라이터 정철씨의 글에서 인용.

발톱 깎는 여자

목욕을 하고 가을 마당으로 내려선다
햇빛에서 잘 말린 수건 냄새가 난다

마음 무성한 것만이 능사가 아니니
낙엽들 큰 손바닥으로 꽃을 다시 말하고

젖으니 부드러운 발톱
마음도 눈물에 자주 젖어 식빵처럼 연해졌을까
겨울이면 저 나무들
뜨거운 껍질 속에서 연둣빛 배냇짓을 키우리라
그 헐벗은 외모가 긍지인 줄 이제야 알겠으니

욕망들
어디든 마음대로 가서
무엇을 누린들
이제 비로소 겸손이 되리라
목욕 뒤의 연한 손톱처럼

가볍게, 가볍게

봄, 연둣빛 따라 어룽대다 계단을 헛디뎠다
X-레이가 카네이션 꽃잎처럼 발 속을 훑고
금가니 비로소 제 뼛속을 보게 되는구나 사랑처럼

엄지발가락 실금 하나로 발에 석고가 씌워졌다
온몸을 받치고 살아온 그 작은 뭇 덕분에
대단히 살아오다 생의 첫 휴식이라도 맞은 듯
날마다 석고 발 높이 쳐든 채 빈둥대거나
목발도 샀다—목발에도 사이즈가 있었다 당연히
그 한쪽을 턱, 짚고 나서니
뭔가 완벽해진 기분이었다 불길한 세상에
그 상처 옥시풀처럼 후련하기도 했다
더러는 부모같이 생긴 등에 잔뜩 업힌 채
내친김에 애기같이 칭얼도 댔다
나 가볍지? 내 인생 솜털 같지?

아프지도 죽지도 않는 상냥한 병에
위로의 꽃과 과일만 쌓이는 이 귀여운 생을
자주 좀 살아보았으면!

레게 자주 듣는 밤

자메이카를 아시는지. 관광지도 드물어도, 가는 길 어디든 있으리
아프리카뱀처럼
5월 단비처럼
속눈썹 젖어 반짝일 거리, 목화송이와 마리화나
종일 머리 땋으며, 검은 손등과 흰 손바닥의 타악기들,
No woman no cry, 흑인 여자같이 울어보리라

멕시코 미국 아프리카의 국제전화들
—한국으로는 안 돌아가. 절대로.

대체 한국은 무슨 일일까 톱밥 같은 절연들
난 돌아올 텐데, 먼길의 음악 아무리 아름다웠어도
애국의 붓 뚜껑에다, 느리게 피는 목화 꽃송이, 오래
뒹굴며 사랑하기 좋은 솜이불, 자전거
은륜의 보폭을, 까만 깻묵 같은 나무 마루의 도시,
그늘 속 나뭇잎 같은 식물성의 휴식을,
천천히 매듭을 찾는 철학을, 슬픔으로
쉬고 또 쉬는 리듬을, 문익점처럼 말이지,

우두커니

—문학

우두커니 창 앞에서 한 시간 두 시간 세 시간……

노란 은행잎들 레몬 되도록, 초록색 나뭇잎들
한 권의 바다 되도록, 먼지들 모여 검정고양이
되도록 우두커니, 1년 2년 3년이…… 다 가네……

빈 공터 가득 커다란 집 다 지어졌네
또 한 사랑을 시작해 또 한 사랑 다했네
몸 이루던 모래들 반쯤 부서져내렸네
기찻길 새로이 뚫리고 잊었네 잊었네 다 잊었다고
겨울 일몰의 저녁 없는 라일락 냄새 나네
수천번째 봄비에 수천번째 켜드는 상심의 우산
두 발 녹아 연못 되네 우두커니 선 채
유리창 다 휘발되도록

시간들 찻물 속 설탕처럼 녹아 없어지는데
무슨 눈 깊은 짐승 하나
내 속에 들어와
모든 길 다 멈춰 세운 채
태생부터 몇십 년째……
서성이는가……

수표

—이서

문이 있는 곳에는
언제나
상처가 있다

온몸으로 유리문 밀고 들어가
한 장의 전세금 수표를 내놓는다
동전만한 탈모증의 은행원 수표를 민다
—뒤쪽에다 이서하세요…… 주민번호와 전화번호와……
볼펜으로 수표 뒤에 가만가만 이서한다

마음이 절대 순수함. 자아실현을 위한 명상에 굳게 섬. 살아 있는 것들을 불쌍히 여김. 수줍음. 까불지 않음. 어떠한 일도 나를 더럽히지 못함.*

상처들이여
이젠
자주 만나도 괜찮겠다 아주 괜찮겠다
슬픔도 한갓 미천함일 뿐
내게는 긴 이서의 신분이 있거늘

*『바가바드 기타』 중에서.

여시아문(如是我聞)

봄 나비와 함께 날던 햇빛
마음 바꿔
풍진에 몸을 내어놓다

진흙 비 뿌리다

나는 저자에 산다
귤을 까서 입에 넣고 나면
조금 전 무심코 발바닥을 긁었던 손이다

선글라스를 위하여

선글라스를 끼고 살까 눈썹처럼 언제나
햇빛에서든 빗속에서든 안개 속에서
한밤중에 길을 갈 때에도 얇은 커튼을 치듯
세상과 조금 적조하도록
나뭇잎 너머의 거리쯤으로
사람들 마음 가닿는 곳들 조금 둔탁해지도록
한 켜의 갈색 창호지를 끼워넣고
단색의 유리창이 만들어주는 그 나지막한
색조, 그 미더운 해조류색 정적으로
살아갈까 혹은 검정 선글라스의 용의자
혹은 미망인의 검은 망사 베일처럼
처음부터 생은 그 어떤 짙은 혐의일 뿐이니
언제일지 모를 저격을 온몸으로 지키는
혹은 검정 양복의 경호원처럼
달리는 생의 자동차를 손 짚어 따라 달리며
선글라스처럼 살아볼까

함박눈

난분분, 난분분한 난봉이다!
설탕 봉지 같은 애인들을
그 달착지근한 연서들을 말끔히 말소중인, 중인 거다!
흰 칫솔질
비누 거품처럼 펑펑 낯을 씻고 새 세상
새로운 사랑을 시작하려는 거다!

아아 그래봤자
도둑년의 손이라는 세월
아무것도 훔치지 못한 채
더러운 누명만 쓰는
게
사랑인 것을!

환멸. 환. 멸.

세상의 수법. 불렀다만 부른다고 나오냐,
나왔다만 나온다고 기다리냐. 닭 껍질 같은
총구 같은 고춧가루 같은. 붉은 계단을 올라
누우면 거북이 같은 큰 자갈들 등을 찌르는
사랑의 수법

남자와 여자들은 도시가스 같은 혼인서약을 하고
온 나라 머잖아 화염에 휩싸이리라
성냥처럼 쉽게 끝나는 진실, 환멸의
청결한 눈은 어디에도 없다 축하 케이크와
샴페인으로 뒤덮이는 나날
무서워라 더는 쓸쓸함을 취급하지 않는 인간들
영화 조명 같은 거리의 광택이
패션모델같이 단숨에 옷 갈아입는 수법들이

우체국을 찾아서

우체국은 어디쯤인가

편지를 들고 빌딩 옥상에 올라간다
퇴근하는 자동차들 불빛마다 젖은 눈물 같고
바다로 난 길을 잊은 시든 물고기들
정거장에 선 채
번복과 반복의 마른 물방울을 서로에게 내뿜는다
플라스틱 꽃처럼 아무도 마음까지는 젖지 않고
연근해 부두에선 날마다 태풍이 숙박계를 쓴다
무슨 일이 일어나긴 하려는가
우체국은 어디에 있는가
편지 받을 나무 맑은 땅은 어디에

하늘에 떠오는 저 빛들은
별빛들 아니라 총구들인가

가을의 전력

삼천만 년 만에 태어나 삼천대천세계에 가을은 난생처음이다

1

전생의 가을에는 여고생이었다 가을만 되면
성적이 서리 속 기러기떼처럼 날아가고 검정 비닐봉지
같은 날들 견딜 수 없어 봉지 밖으로 영영
떠나버릴까 자퇴하고 채석장에서 돌이나 깨다
햇빛이나 따라가버릴까 영영 방과후마다 버스 뒷자리
종점까지 가고 또 가다 못내 살아 돌아오면
그러거나 말거나 그들은 또
유리창을 깨고 있었다
나쁜! 나쁜!

2

그 전전생의 가을에는 25, 26, 27세였는데
첫 자취방, 오직 나만의 저녁 불빛을 갖다니
마침내 가족들 마른 낙엽처럼 다 버려버렸다니
어떤 남자 축하의 국화꽃도 가져다주었다
난생처음 기뻐 홀로 생의 첫 김치도 담갔다
간장으로……
그 생의 어머니, 종일 책만 들여다봤자다, 하시더니, 어머니, 결국 간장으로 김치를……
어차피 이 생도 온통 간장 빛인걸요

3

그 전전생의 전생에는 30번의 장밋빛 생일이었는데
생일엔 왜 촛불을 끌까 온통 켜두지 세상 다
불나도록 소방차 물벼락 다 뒤집어쓰도록
케이크 녹아내려 금강석 되도록 파—티하지 파란의
만장의 파—티하지 세상 사람 다 먹어치우고 싶은 허기와
목욕탕만한 슬픔 틈만 나면 하루 30번씩이라도 중얼댔다 미친년, 미친년, 미친년,
가슴 다 후련했지만 그 생의 가을은 오지 않았다 영영

4

그 전생의 모든 전생들에는 차마 발설키 두렵지만 40세였는데
한번은 제 목숨값 손수 치르고 싶어서 어떻게든
다시 잉태되고 싶어서 처음으로 동그랗게 더러운 발가락을
입에 말아 물고 고개 숙이니 단풍 빛
태아처럼 비로소 자세가 나올 것 같은 전생이여
영영 떠날 수 없던 그 샛노란 은행잎 가을이여

방명록 2

나는 왜 극장처럼 어두워서야
삶이 상영되는 느낌일까

극장 매점의
팝콘처럼 하얗고 가벼운
나비 같은 생은 어떤 감촉일지

가끔씩 나를 손바닥에 올려놓고
병아리 깃털이나 잃일 수 있는지
후, 불어보고 싶어진다

문학동네포에지 077
쉿, 나의 세컨드는

1판 1쇄 발행 2001년 11월 23일 / 1판 2쇄 발행 2003년 1월 27일
2판 1쇄 발행 2006년 3월 31일 / 2판 2쇄 발행 2010년 7월 6일
3판 1쇄 발행 2023년 8월 18일

지은이—김경미
책임편집—김민정
편집—유성원 김동휘 권현승 유정서
표지 디자인—이기준 이보람 / 본문 디자인—유현아
저작권—박지영 형소진 최은진 서연주 오서영
마케팅—정민호 박치우 한민아 이민경 박진희 정경주 정유선 김수인
브랜딩—함유지 함근아 박민재 김희숙 고보미 정승민 배진성
제작—강신은 김동욱 이순호
제작처—영신사

펴낸곳—(주)문학동네
펴낸이—김소영
출판등록—1993년 10월 22일 제2003-000045호
주소—10881 경기도 파주시 회동길 210
전자우편—editor@munhak.com
대표전화—031-955-8888 / 팩스—031-955-8855
문의전화—031-955-2689(마케팅), 031-955-8865(편집)
문학동네카페—cafe.naver.com/mhdn
인스타그램—@munhakdongne / 트위터—@munhakdongne
북클럽문학동네—bookclubmunhak.com

ISBN 978-89-546-9377-6 03810

www.munhak.com
문학동네